KB231910

김현숙 시집

물이 켜는 시간의 빛

국립중앙도서관 출판시도서목록(CIP)

물이 켜는 시간의 빛 : 김현숙 시집 / 지은이: 김현숙. -- 서울 : 한
누리미디어, 2010
    p. ;   cm

ISBN 978-89-7969-377-5 03810 : ₩ 7000

한국현대시[韓國現代詩]

811.7-KDC5
895.715-DDC21   CIP2010004282

물이 켜는 시간의 빛

김현숙 시집

한누리미디어

목숨의 한때를 맛있게 굽고 싶다

꼭 10년 만에 제7번째 시집을 낸다.
6집은 7년 만에 냈던가.
그전엔 자주, 무슨 할 말이 그리 많았던지.

내게 있어서 시는 일기지만 가족과 같다. 말하고 싶을 때
노래했다. 돌아보면 그저 사람과 사물에 얽힌 고만고만한
일들이지만 그로 인해 내겐 깊은 깨달음과 이해와 사랑을
남겼다. 괜찮은 사람이 되고 싶었는데 시를 쓰면서 조금은
그리 되어가고 있는지 책을 묶으면서 다시 반성과 성찰을
갖게 한다.
어느 시간의 어떤 모습이든 그게 다 나의 얼굴이 아니겠
는가. 못난 대로 또 예쁜 구석이 있는 대로 남의 것이 아니
어서 좋다.
생각하면서 살아가는 일이 새삼 기쁘다. 물론 생각이 많
아 피로할 때도 잠 못 이룰 때도 있었지만 무엇인가 골똘
히 매달렸던 날들을 잃어버리지 않고 고스란히 내 옆에 남
긴 것 같다. 온몸이 타는 괴로움이라 해도 따지고 보면 나
를 맛있게 굽고자 하는 신(神)의 뜻이라고 겸허히 받아들인

다.

　다만 시간의 간격이 크다 보니까 지난 생각이 조금 바뀐 시들은 다시 고려해 보려고 보류했고 대개는 같아서 자취 그대로 묶는다. 열심히 쓰고 좋은 시를 보여준 선후배 시인들과 좋은 삶을 베풀어 주었던 가까운 이웃들께 감사한다. 어려운 공부를 하겠다고 따라준 송파문화원 제자들에게도 감사한다. 게으르지 않고 꾸준히 공부할 수 있는 힘을 주었기 때문이다.

　그리고 시에 기대 살아가는 것을 이해해 주는 두 아들이 고맙다.

2007년 8월 祥雲齋 에서

목차 · 김현숙 시집 | 물이 켜는 시간의 빛

목차 · 김현숙 시집 | 물이 켜는 시간의 빛

제3부 | 나무

제5부 | 세상에서는

제1부 ｜ 빛의 섬

백련

얼핏 들떠 보이나요
하긴 무릎에 늘 물살을 얹고 살아가야 하니까요
이리저리 밀리지 않고는
여린 몸을 버티는 정신의 등(燈) 하나 달아맬 수 있나요
달처럼 맘껏 구름을 차내며 환해지고 싶죠
그나마 한 해 사흘은 흰다면서요
저절로 불이 들어와
무명(無明)의 몸 밖으로 빠져 나올 그때거든요

한 번만이라도 회산 방죽으로 나오세요
대명천지를 더 밝히는 불빛이 물에서 뭍으로 오르죠
칠월에서 구월까지 길은 이어지는데
길 다 두고 남 따라 포개어 걷는 연잎의 짙푸른 어둠
몇 길 물밑 허공을 밟고 선 꽃의 찬 이마
그 어디쯤 덜컥 오욕 칠정의 붉은 고뇌도 갇혀 있어요

무심한 듯 바람이 밀고 가죠
흰 빛을
멀리 갈수록 맑디맑게 개이는……

새

어린 풀들 사이를 거닐다
나뭇가지에 푸른 생각을 걸어놓는다
물 위를 총총총 걸어다니는 친구도 있다
나무처럼 땅에 매이지 않고
돌멩이처럼 물에서 가라앉지도 않는다
말하고 싶을 때 노래한다
갖은 빛깔과 모양새로 덧칠하지 않으며
짧게 때로는 더 짧게
너무 배불리 먹지 않고
또 세상을 움켜쥐듯
눈 부릅뜨고 훑어보지도 않는다
이러니 세상이 의심없이
천지간을 다 내어주나 보다
신이 부를 때는
두려움 없이 하늘로 튕겨 오르지만
원하는 건 다만
마음의 길을 가는 것
몸에 짐을 쌓지 않는
바람에 나부끼는 나뭇잎
때로는 더 가벼이 흩날리는 홀씨

풀꽃으로 우리 흔들릴지라도

우리가 오늘 비탈에 서서
바로 가누기 힘들지라도
햇빛과 바람 이 세상 맛을
온몸에 듬뿍 묻히고 살기는
저 거목과 마찬가지 아니랴

우리가 오늘 비탈에 서서
낮은 몸끼리 어울릴지라도
기쁨과 슬픔 이 세상 이치를
온 가슴에 골고루 적시며 살기는
저 우뚝한 산과 무엇이 다르랴

이 우주에 한 점
지워질 듯 지워질 듯
찍혀 있다 해도

몽돌

물은 천리를 흘렀는데
그대 한 자리에 앉아
천 날의 물결을 깎았는가
가파른 주의주장도 누그러지고
날선 입도 잠잠해졌구나

가끔 자갈거리며
해소기침 끓는 소리
수 만 바람과 부대끼었나
엎어지고 깨진
파도의 집채 가라앉아서

달팽이

뼈대 없이
옮겨 다니는 건
살이 닳는 고통뿐이다
걸친 것 없는 한 몸뚱이를
세상이 먼저 알아차리기 때문이다
나를 가려주는 건
한두 겹 옷, 헐렁한 집뿐이다
도저히 빠져 나올 수 없는
집채만한 체면과도 늘 동행이다
내가 들통나지 않는
허술한 그늘 속에 돌아누울 때
때때로 꿈꾼다
작열하는 저 태양 속으로 뛰쳐나가
내 온전한 살 뜨겁게 달아오르며
목숨의 한때를 맛있게 굽고 싶다
바람에 흐느적거리는 저 잡풀같이

오동나무

너
나의 오랜 바깥이었다
큰 길에서 골목 접어들며
캄캄해지는 나를 기다렸다가
앞서 한 줌씩 빛을 뿌려 주었다
그 작은 길에서
깊은 내 어둠을 천천히 닦아냈다

그 골목
지나온 지 까마득하다

꽃등 늘어선 오월
번쩍거리는 햇빛 속에서
머뭇거리다 보면
비바람 치면서 저만치서
늘 뒤 밟아오던 잦은 잔소리가
적막강산의 땅
나의 가장 어두운 안
살점을 팍팍 후벼 파내고
보름 달빛으로 들어앉는다

징검다리

— 오두산 통일전망대에서

저 건너편
산 하나 마주쳤을 때
나는 물살 빠른 이 강을
이미 건너가고 있었는지 모른다
돌 하나씩 옮겨놓을 때마다
깊게 젖으면서, 떨면서
물 밑으로 돌 두 개
물 위로 돌 하나
거센 물살 가르며
앞으로 나가는 법을 알았다
오늘 너를 보았다
이쪽으로 한 발짝씩
나처럼 돌을 놓고 있는
저물녘 돌아가는 이여
네 어깨에 앉는 별
숲 속의 낮은 새소리
한 번쯤 뒤돌아보라
철책선 아래
조팝나무 흰 꽃 그림자
네게로 흘러가고 있으니

꽃집에서

꽃을 주고 싶다
몇 송이 수선화
꽃의 고향
머리 위 떠도는 구름과
발 밑 부드러운 흙
가슴을 훑으며 흐르는 시냇물

미래를 키운 햇빛과
눈물을 가르친 빗물
生이 부러지지 않도록
작은 흔들림마저 일깨운 바람
이 모두를 주고 싶다

반짝거리는 평온으로 도배한
저 유리창 밖 세상에게
소음에만 익숙한
가는(細) 귀먹은 너에게

강

열나게 뒤집히는 세상 장단에도
뒷짐이나 지고 흥얼거리며
나 몰라라
굽이굽이 건달처럼 돌아나가나 싶더니
이 봄 황사바람에 쏘였나
온몸에 얼룩 꽃처럼 앉히더니
이 가을 아침
티 없이 개인 얼굴에
큰 산 하나 띄웠다
그랬구나!
우리가 넋 놓고
곤한 잠에 빠진 간밤에도
제 몸 거르고 또 걸러서
혼자서 천리 깊어졌다

오솔길

새벽마다
바삐 지나다니는 풀밭
길이 생겼다
짓밟은 풀들의 머리 위로

오늘 누군가
우리들 머리를
사정없이 밟아 뭉갠다
세상에 지름길을 내며

바다일기(1)

─소래포구

물새 몇 마리 떼어놓고
바다는 외출 중
어시장 깔린 바다를 찾아서
사람들은 다리를 건너간다
협궤열차보다 긴 줄에서
슬며시 횟집으로 빠졌지만
정체된 우리를 흔들어 줄 파도는
그곳에도 없었다
큰 창 하나에 뜬구름을 앉히고
한 접시 바다를 꼭꼭 씹어 삼키지만
맥풀린 오후에
쫄깃한 맛을 옮겨놓지 못한 채
시간이 흐른다
마냥 기다려 온 우리들 삶 아니랴
술잔에도 독한 염분이 따라붙는지
친구도 나도 겁나게 불타 버린다
개펄 소금기에 푹 절은
풀들의 새빨간 몸뚱이처럼

바다일기(2)

— 배를 타고

물고기처럼 달린다
파도 사이에 바짝 날개를 붙이고
끝까지 쫓아오는 바람
버릇처럼 펄럭거린다
바다에선 물도
가두고 옥죄는 하나의 그물
세찬 물살 감는 시간을
제 때에 풀어놓지 못하고
제 풀에 떨어질 때까지
그저 안고 뒹굴 뿐이다

돌아보면
그대 또 하나의 먼 섬
떠나온 그 자리 바로 그리움
언제 어디서나
손때 묻은 미끼를 던지는 사람들
잡스런 먹이에 고개를 처박고
끝없이 날갯짓을 파는 갈매기떼
바다의 슬픔을 온몸에 적시면서
노을을 안고 돌아간다
가슴 지느러미 한 장 다시 접으며

바다일기(3)

그다지 챙겼던 이름들을

기슭마다 흩어놓고

텅 비어 있다

더 많이

더 먼 곳으로

거침없는 시간을

더 이상 선적(船積)하지 않는다

이승 한 바퀴

온몸으로 출렁거리며 돌아와

속도를 빼고

무게를 덜어내

마냥 느리게 마냥 가볍게

힘을 바다 어귀에 풀어 버린다

한두어 번 목숨을 얹었던 사랑

산더미 파도를 놓아 버린 섬

오직 길이 된

바다 하나 부둥켜안고

함께, 노을 지고 있다

소리

예봉산 이른 봄이
파릇한 성깔을 돋우는데
동안거 풀린 나무들
잎차 한 잔으로 마른 몸을 적신다
건널목 한두 개 발 아래 놓여도
자리 뜬 적 없다는
상수리, 인동꽃 진중한 자태
잡새들도 수굿이 숨결을 고른다
산의 속마음이 간간
은물방울로 굴러 떨어지며
수종사 범종을 슬쩍 건드리면
오백 년 묵은 말은 거르고 걸러내서
맑은 소리 은사(銀絲)로 풀어 내린다
끊일 듯 이어지는 여울에
목까지 차오르다
폭격 맞은 듯
풀썩 주저앉는 그리움 있다

반딧불이

빛 한 점 이고
제 몸 대낮으로 길 낸
꽃 아니지만
제 발밑이나 겨우 살피는
여윈 불빛이지만
어떤 어둠 어떤 바람
입김으로 불어 끌 수 없는
깜박등 하나 꿰찼으니
누구든 추돌하지 마라
가만히 스쳐 가라
이 강산 어눌하게 헤맬지라도
맑은 물가에 바느질한 한 뜸 별빛
가랑거리는 목숨에 엮어 흐르니
껑충 튀는 불꽃놀이
세상의 춤판에 섞지 마라

제2부 | 사랑

산에서

내겐 사랑하는 이들이
바로 바라보는 산이었다
터진 신발로 일등 달리던
눈웃음 큰 아이
얻어 입힌 옷으로도
왕자처럼 환하던 막내
유리파편처럼 바싹 부서진 나를
조각조각 짜맞추던 그 사람
그들의 웃음과 눈물
내가 온몸으로 기대고 매달리던
산이었다

그 사람도
나의 아이도
지금 내게는 강물
내가 멈춰 사랑하는 동안
아득히 흘러가 버렸다

봄밤

세우(細雨)에도
미모사처럼
나를 접었다

담을 넘어오는
네 높은 키 아래서
시시때때로 나는 그늘졌다

개오동나무 아래

세종로 한복판에서
처음 만났을 때
왠지 어벙해 보였는데
툭 한 벌 벗어 던진 미소
얼떨결에 받아 들고 보니
이미 그 땅에 꼭 매인 나무더라
한 발자국 더 내딛지도 못하면서
넙죽한 이파리 손 흔들어대며
계속 나를 붙드는 시늉이었는데
고향처럼 따라 온 그 봄
잊을 만하면 한 번씩 찾아오는 향기
가슴을 싹 훑어가는데
어물쩡 넘어온 십수 년
깊은 눈빛을 앉히면서부터
그리움도 내 몸에 꼭 맞는 그늘이네
개오동나무 아래
봄 한 철은 기울고

사랑

오오래 너를 본 적이 없다
한적한 골목
산수유 노란 가지 끝에
한 점 햇살로 너는 문득 매달리고

눈을 감으면
내 뒤안길에서
고요히 굽이치는 푸른 강물
한 점 파도로 너는 문득 튀어 오르는

산길

은사리
아카시아 숲에서
뻐꾸기 울고
떡갈나무 발끝 적시며
강물은 멀리
산모롱이 휘어 돈다

햇빛은 거미줄 치며
들로 마을로 내닫고
혼자 걷는데
문득 네가 부르는 소리
끝도 없이 부르는 소리

새소리
물소리도
멈춰 선 한낮

봄날에는

그에게로 갈 수 있었다
벚꽃 풍선처럼 마을 위로 떠오르고
또 몇 날 봄밤은 꽃눈 날리던
그곳에서 살 때
그는 내게로 언제든 올 수 있었다
그러나 서로에게 가지 못했다
가을비 속에서 피식피식 꺼지며
잘 타지 않는 나를
편지 뭉치와 한 데 묶어 불사르고
한 점 연기로 공중에서 해체되던
그 집 앞을 어쩌다 지나칠 때
머뭇거리는 무언가
작은 대문을 마구 두드리며
나를 불러내는 숨찬 목소리를 듣는다
오랜 시간 집에 묵고 있는 바람
공중 떠도는 희미한 슬픔에게도
덜미를 잡힐까
발걸음 소리를 죽인다 가만가만

등꽃

촘촘히 엮은 보랏빛 구슬등
하늘에 걸어두는 날은
잊지도 않고 그대가 온다
실바람에 흔들리는 주렴 사이로
아른거리는 얼굴
방울방울 떨어지는
눈물의 땅에
잊지도 않고 그대가 온다

못가에서

온갖 연꽃 무리 속에서
오늘 수련 한 송이
유심히 가까이에 바라보았어도
내일 다시 와서
온전한 이 순간의 너를
차지할 수 있을까
바람이 불고
느닷없는 소나기에
이 물가 어디론가 너는 떠가고
새롭게 가시연꽃이나 들여다보는
어제의 나는 아니리
그러나 순간 내 속에 잠긴
누구도 꺼내갈 수 없는 너

릴라산이 있네

그가 가슴에서
산 하나를 꺼냈을 때
일곱 개의 산정으로 통하는 길이
투명하게 열렸다
릴라는 잠언처럼 스며들었다
해발 2300m의 높이를
푸르게 이고 있는 나무들은
모두 비와 안개와 눈의 노래들

오르지 못한 빙벽
남은 100m 앞에
엎드린 호수처럼 무릎 꿇고
얼얼한 살을 부비며
릴라산 큰 키만 보았다
결국 산지기네
커피 한 잔 도움을 받아서

일몰의 이 순간
지상 어딘가에 해가 떠오르면서
귓가를 스치는 소리

"여기 릴라산이 있네."
속 한 번 제대로 밟을 날 있을까
일곱 개의 호수를 담고 있는
그를

달개비

내 몸의 푸른 자루 속
그대 있어
햇빛 쨍한 대낮에도
그대는 내 안의 어둠
무엇으로도 비우지 못하네
나는 손가락 가는 바람에도
온몸 물결 떨리는 슬픔
아무도 멈추지 못하네

바람

푸른 억새밭
풀대 키 큰 고요를 뚝뚝 꺾으며
들판 하나 들었다 놓았다
가눌 수 없는 어깨춤 들썩이는지
거친 눈보라 속
온몸 휘날리며 걷고 있는지
허방에 빠져
두 팔 접고 병신 되어 누워 있는지
눈 감아도 보인다

길에 묶지 않는
흐르는 하늘
소용돌이치는 물결
네가 아니랴

겨울산에서

무딘 우리 발을 풀어
높이에 눈 뜨게 한 당신
햇빛 든 흰 이마
솔숲 푸른 깃도 열어놓고 보면
맨살에 숨길 수 없는
퍼런 멍투성이다
사랑하므로 상처뿐인 날은
혼자 산에 오른다
커커로 껴입어도 춥고
먹고 마셔도 배고픈 한나절
엄동설한에 마음마저 벗어주고
맨몸 하얗게 질려 버린다
남 몰래 실컷 울고 싶은데
산중에 깊이 숨어 있어도
귀신같이 알고
그 사람이 또 찾아온다

봄비

한철 떠돌이지
그는 기댈 수 없는 바람꾼
칠흑 같은 얼굴로
나를 뒤지고 다닌다
십 리 밖에서도 풍겨 오는
그의 살 냄새
젖은 사향 냄새가 난다
혼자 강둑에 갔었나 보다
혼자 진탕 퍼마셨나 보다
그가 창문을 두드리나 보다
그가 지붕 위에서
발을 동동 구르나 보다
밤이 곧 새려나 보다
그가 별수 없이 돌아가나 보다

아침
창 밖
저기에, 화들짝 만개한 벚꽃

처용의 아내

여자는 알리라
몸 한 번 열기
평생을 준비하여
피는 꽃 같음을

일곱 빛 손바닥에 내릴 때
손등엔 그늘 괴고
쉼 없는 바람에
도리 없이 들피지는 꽃잎을 보는가

세상은 알았어라
사랑에 멀어 버린
여자의 어리석음
믿음은 더 깊은 한숨이었어라

스스로 죽어가 시간 앞에
혼자 어둠 꼿꼿이 이고
지는 꽃으로 사위었음
아는 이 모두 알리라

제3부 | 나무

버드나무 아래서

― 청령포의 밤

저 배를 깨우는 아침이 올 때까지
강을 건너갈 수 없다
나룻배는 잠들어 있다
칠흑에 발이 묶인 밤중에는
오직 발끝을 간질이는 강물과
천만 번 그리움을 누설하는 관음송(觀音松)의
숱 많은 머리칼을 쥐어뜯는 바람뿐

이 하룻밤이라는 긴 강 너머
간장(肝腸) 졸이는 장도(壯途)의 첫걸음을
누가 내게 맡겼는가
잠든 강에 두 손을 저어
강물을 흔들어 깨운다
강물의 어깨에서 흔들리는 나룻배도
곧 깨어날 것이다

관음류(觀音柳), 줄줄이 떨어져 내리는
말랑거리는 새벽은
찰랑거리는 머리칼을 흔들며
사방에서 오고 있다

칠흑 어둠의 뼈를 녹여내는
너의 살 냄새를 지나
곧장 나에게로

담쟁이

손에 무엇을 움켜쥐지 않으면
몸은 자유롭다
손의 무늬를 만들 수 있다

그대
반가운 누구에게
악수를 청할 수 있다
정말 사랑하는 사람을
껴안을 수 있다
아들을 위해 기도할 수 있고
누군가에게 칭찬의 박수를 보낼 수 있다

아픈 그의 어깨를 짚어줄 수 있고
떠나는 사람에게도
애틋하게 손 흔들어 줄 수 있고
단 한 모금의 희망
누군가의 불쑥 내민 찬 손을
꼬옥 맞잡을 수도 있다

삼복에 달달 볶이는 담장

열 받은 등짝 쓰다듬으며
오늘에 쓰일
이 모든 준비를 위해
두 손을 쫘악 펴놓은 그대

나무처럼

이 세상에서
강 건너 산처럼
마주 봤으니
남은 날 동안
쉼 없이 돌다리 놓아
저세상 건너가선
한 데 엉기는 나무가 되자
향기 어울리는 숲이 되자

층층나무에게

장마 휩쓸고 간 그 여름 끝에도
온몸 젖은 생각을
너랑 함께 말렸더구나
총총 겨울에 와서 보니
네 비어 있는 가슴에
오며가며 걸린 말이나 웃음
기억의 푸른 잎 너울대는
너, 한 그루 나무
바라볼수록, 그저 바라볼수록
까마득하게 차오르는 그날들이
어디서 오는 바람인지
바람결을 타고 장강(長江)으로 흘러가네
여기 외진 겨울산인지도 모르고
온몸 눈물이 되어
나, 홑겹의 물결로 떨고 있네

큰 나무

56

작은 새들과 함께 돌아온다
오월에는
머리에 구름을 앉히고
휘어지고 굽이치며 흐른다
비바람을 치켜 올리며 꺾으며
한 뜸씩 허공을 짚어간 손가락마다
푸른 하늘이 느긋이 들어앉는다
스치며 잊은 건
버린 것까지도
갔던 길 되돌아온다
와선 가만히 안긴다
어느 대목 빠짐없이 새눈 뜬다
꽃으로 꽃으로
잎으로 잎으로

나무 아래서

비 개인 오후
이 길 환하게 햇빛 들어
등짝에 움푹 주저앉힌
사람들 발자국 무수히 보인다
머리 위 물결치는 바다
저 잎새들의 춤사위에도
종일 들어올린 마른 팔
받드는 것조차 숨겨둔
나뭇가지 저린 손 있거늘
누군들 자기 한 구석에
헌 데* 없는 자도 있으려나
내 속엔 푹 파인 웅덩이
가뭄 잊은 눈물 있으니
흐린 눈 자꾸 부비며 들여다보는
사람들 있으니

*헌 데 : 부스럼 난 곳

배롱나무

한 뼘 더 가까이서
손가락을 부비면
머리카락을 타고 퍼지는 생각
파들거리며 간지럼을 탄다
물결이 물결을 밀며
세계로 나아가듯

이팝나무

젊은 날
내 울 안에서
오직 허기진 배를 채우던
하얀 이밥은
먼 길을 돌아오는 동안
어느 산자락 가득 넘치는
향기로 남았네
사랑하는 사람들
넓은 그 품에 맡기고
손 모아 바치는
눈물로 남았네

언덕 위의 집

길이 등에 혹을 달고 가며
가쁜 숨을 허옇게 몰아쉰다
금방이라도 굴러내릴 것 같은
언덕 위 포장마차 두 채
겨울사막을 건너가는 낙타
쌍봉에 더운 오뎅국을 끓이며
한파 속에서 돌아오는 사람들을 기다린다
불어터진 떡볶이 같은 얼굴을 열어
얼어 있는 말을 꺼내주리라
잠시만이라도 길 위에서
날아다닐 수 있도록

본 적 있다
소나기 길길이 날뛰는 밭머리에서
빗줄기 따라 널뛰던 잎사귀 뒤에
잎사귀보다 더 파란 입술을 물고
죽은 듯 엎드린 배추벌레 한 마리
유일무이한 밥상
그의 업을
꼭 붙들고 놓지 않았다

神이 초강력본드로 눌러붙인 걸까
앙칼진 손끝을 적시던 초록 핏물
빗방울보다 더 굵게 뚫어진 여름을 보았다

여름이든 겨울이든
사막이 있는 동안
뚜벅뚜벅 낙타는 걷는다

줄자

넓죽하고 길쭉한 세상에
가는 생각을 대고
이리저리 헤아리긴 해도
속은 늘 오리무중이죠
돌아올 때
펼친 하루 다 따라와
몸에 착 감겨들어요
수치는 늘 내 안에 있죠

세상 바지런히 들락거리며
잰다는 건
우주를 쪼개는 일
한 뼘 품을 늘리는 것도
한 자 키를 키우는 것도 아닌데
그저 제 눈 잣대라서
오늘도 자라목처럼 쑥 뽑아들었다
또 옴추렸다

엄나무에게로 가서

얼짱 장미는
손 타지 않겠다고
명함에 아예 손톱가시를 새겼는데
저 엄나무
숱 많은 생각의 머리카락뿐
밋밋한 몸에
온통 철조망을 휘감았군
더 가까이에 가서
감추려는 귀한 정신 그 무엇인가를
자세히 들추어보고 싶다
꺼내 가지고 싶다

비행(飛行)

미루나무 가지 끝에
까치 두 마리

사랑이란
아무나 닿지 않는
저리 아득한 높이로
날아오르는 걸까

세상을 피해
둘만의 세상으로 달아나봐도
둘만이어서
더 잘 보이잖아

서산마루에 매어둔 노을
눈시울 붉은
가지 끝 사랑

얼음꽃
― 벚꽃터널의

산문(山門)에 터 잡은
그대의
보송보송한 분홍 얼굴 꽃구름
시퍼런 속내 강물로 넘실거렸어라
그러 그러한
입소문이 꼬리 틀고 누운 이 골짜기

누가 와서 그대를 부른다
그대 야윈 볼에 흰 면사포를 씌워
이 삼동에 입맞춤하고
잠든 그대 몸을 깨운다
산이 운다
밤새 실핏줄 올올이 타고 가던 눈물이
환호하며 일어서는 화답
눈을 감으면 이 골짜기 저 골짜기
정신없이 쏟아지는 빛

봄날

— 神의 미소

길모퉁이에 붙어섰다가
움퍽 찢어진 입으로
내 엄지발가락을 팍 물어뜯은 돌이다
오가다
더러 냅다 차고 엎어진 사람
멀찌감치 돌아갔다는 후문(後聞)인데

누가 보냈는지
조금씩, 쉼없이 날아온 흙바람
사납게 찢어진 빈 입을 채우고
떠도는 홀씨 한 점 불러다
긴 겨울잠을 재웠던가

그리고
그의 머리맡에 꿇어앉은 神의
목울음 떨리는 새벽기도 있었던가
해코지 해온 음울하고 독한 생애를 풀고
풀꽃 한 송이로 거듭난
돌의 이 파안대소(破顔大笑)

제4부 | 삶

고등어 조림

납작 엎드린 무 등에
고등어를 앉힐 때
바다와 뭍의 거리를 잰다
끓어오르다 잦아들고
부글거리며 물렁해진 시간 속에서
무와 고등어는 서로에게 기댄다
뭍과 바다의 거리는 가깝다
제 이름자 들먹거리며
유유상종하는 터에
무(無)요 하며 뒷전에 물러앉은 무
자신을 덜어 무에게로 가는 고등어
불같이 달군 일상에
팔딱거리는 생각들을 놓고
한풀 숨 죽이면
고등어 조림 같은 맛이 날까
까탈스런 세상 입 속으로
쏙 들어갈까

이끼

거처가 하필이면 바위돌이람
기대고 보니
엉덩짝 태울 만큼 달아있는
거기 누가 퍼지른 독인가
마른버짐 피고 있다

저 산 다 두고
이 계곡 다 두고

어쩌다 외진 언저리만을
골라 딛는 가뭄인가
펄펄 끓어 넘치는 땡볕에
납작 엎드린 생
갈라놓을 비수 같은 소나기
언제 오나

사발

한껏 열어둔 귀는
풍문(風聞)에 베이고
주어진 크기로는
세상을 다 담지 못하네
죽이든 밥이든 주는 대로 담는 대로
쓴맛 떫은맛 고루 삭히네
참으로 깨뜨려지기 쉬운
삶이여
그대는 내게
몸 밖에서 떠도는 바람

선유도 저녁

해질녘, 새들은 이곳으로 돌아와
천 갈래 갈래진 제 이름을 버리고
한 데 모여 새떼가 된다
거리에서 떠돌던 바람도 날개 접고
머리를 맞대 강물로 깊어간다

헛딛지 않으려고
땅을 붙들고 안간힘을 쏟던 우리들
발바닥 힘도 슬그머니 빠져 나가면
바다나 강 같은 수심(水心)에
먼 산이 날아와 앉는다

노을이 사무치는 때엔
촛농 녹아내리는 안개섬
오갈 데 없는 물 속 생애가
어둠 속에 허물을 벗어 말리는
오직 이 한 때

고린도 서정

마을 어귀 낮은 담 위로
쏟아져 내리는 유도화 하얀 꽃빛
소문난 죄 대부분을 가리고 섰다
흰 벽, 빨간 지붕에 가득 고인 햇살의
긴 통로 끝에서
기념관에 박제된 어둠
그들 생생한 상처를 만진다
저 산꼭대기에서 퍼 날랐던 향락
홀씨처럼 지구를 덮었는가
땅 구석구석에 떨어진 음행들
애통하며 기도하는
바울은 오늘 어디 있는가
매번 우리의 햇빛을 가로채는 자
또 누구인가

"너희가 감당치 못할 시험당함을
허락지 아니 하고……"

삼십 도를 웃도는 열기에
몸뚱아리를 지지는 감람나무 위로

고린도 하늘은 턱없이 푸르고
아테네로 가는 길
유도화 붉은 꽃들 지천으로 깔렸다

계단

맨 꼭대기서 살았다
층계를 내려갈 때마다
바쁜 아침을 줄일 수 없었다
또 장바구니를 들고는
아래로 자꾸 떨어지는
세상 무게를 받쳐 들고 올라갔다
팔다리를 힘껏 부리지 않고
세상과의 거리를 좁힐 수 없었다
바깥으로 돌다
어둠이 버티는 계단 앞에서
헛발 딛지 않으려 조심했다

버튼 하나로
하늘 가까이 날아오르다가
팍 힘 풀린 다리
무게 잊은 팔을 만져 본다
간만에 흙길 따라 걸어 본다
껑충 오른 해바라기
제 힘으로 올라온 메타쎄콰이어
몸 속에 놓아간 층계를 헤아린다

한동안 놓아 버린
속도의 뒤안
굽이치는 길 따라가며

남한산성 어깨에서

가문 6월 산이
스스로 물소리를 끊일 동안
하늘을 달리는 레일을 타고 갔죠
층층나무 옆에 쪼그리고 있던
다래넝쿨인 줄 몰랐죠
건달처럼 삐딱하게 선 지지대를 밟고
뻗어 가리라는 걸 생각 못했죠
생이란 누구 어깨를 살짝 딛고
휘청거리는 아랫도리 다잡아 달릴 수 있구나
하루가 쭈욱 나아가더라구요
쭈쭈빵빵한 나무들의 활갯짓
뻐꾸기 장단도
앞서 간 이들의 손짓 같아요
또 우리들의 내일인지 모르죠

곧 다래넝쿨이 한 몫 하겠죠
그늘 한 마당 깔겠죠
다래도 얼만큼 새큼 달큼하게
얼굴 내밀겠죠

잠실동 19번지 (1)

은행나무 햇살 포대를
줄줄이 쏟아 붓던 가을 있었다
때로 숨 가쁜 빗줄기가
낮은 울타리를 넘어
강물을 따라 나서고
빈 터에 소복소복 차오르던 풀꽃
자잘한 웃음들이 사람을 껴안고 돌았다
이웃 누구는 날개를 펴고 날아가고
또 누구는 발목 꺾고 주저앉아도
까치는 새벽을 물어오고
굴뚝새는 노을을 건너왔다
여름 들끓는 이마를 씻어 내리던
후박나무의 서늘한 손바닥도 있는데

여기 집들은 고층으로 오를 텐데
떠나가야 할 사람들과
접시꽃 분꽃 자주달개비 봉숭아며
어질고 순한 얼굴들이
가을볕에 한창 그을리고 있다
머뭇거리는 추억의 뿌리를 뽑아내며
바람의 어깨에 옮기며

잠실동 19번지 (2)

이 가을을 마지막으로
해묵은 금전 탈탈 털어내고
19번지 뿌리를 눕힌 은행나무
빈 집 벽을 긁으며 두드리며
끝까지 버틴 담쟁이 조막손의
움켜쥔 그리움을 잠재우지 못한다
늘 떠날 생각만 하고 살았는데
정작 나는 떠나는 자가 아니라
보내는 자인가
남은 불빛 밤마다 별처럼 헤아리며
시린 별빛 머리에 이고 오다가
돌아가고 싶다
그 이웃들 모두 불러내
아무 말이라도 하면서
줄곧 걸어가고 싶다
벚꽃 피는 봄밤까지

강둑에서

너를 떠올리지 않고는
이 강둑 지나칠 수 없다
참고 참아온 말이 쌓이면
이 강을 따라 걷고 또 걷는다고
네 분노의 다리가 휘어질 때까지
이 밤 강물은 제 나이 열배도 넘게
상심으로 검푸르다
그러나 새벽에는 또 은빛으로 깨어나고
낮엔 햇살을 감고 굽이치며 여울지는 곳
세상이 떠밀 때
고향에 숨어드는 너를
나는 다시 또 강둑에서 기다린다
너를 기다리는 동안에도
이 세상 끝까지
무데기 무데기 슬픔의 꽃 피어난다

벚꽃 필 무렵

봄날
한 마을은
분홍 꽃구름

오롱조롱 매달리던 새끼들
뉘에게 뒤질세라
하나씩 빛쪽으로 밀어 세우고
그늘로 잠기던 어머니
까맣게 그을린 가슴을 밟고
나날이 흐드러졌다 눈부시게
염체 없는 우리들은

가을 산행

나는 돌아와
그대 땀이 배인 나무들의 숨결을
반은 노래로 듣는다
눈물을 갈아, 씨 뿌린 뜻을
하늘과 땅은 품었건만
사람들이 가꾸어 갈란가
바위 같은 심지에
해맑은 산국(山菊)을 치고
갈대같이 질긴 바람을 기르며
가는 길

사람들은
넘치게 짐을 싣고 휘어진 육신들은
한낱 지푸라기 목숨을 구기고 앉아
침묵함으로 크나큰 말씀이 된 그대를
그저 말없이 바라볼 뿐이다

저녁 한 때

종일 서서 시들거나 기다리는
몸짓을 거두어들이는
해거름의 나무들은 우수적이다
밤이 해치지 않게
꼭꼭 문단속을 하는 우리도
어느 날 떠날 준비를 할 때는
스스로 갇혔던 벽들을 허물고
밖으로 나와서
저렇게 바람 속에 서 있지 않겠는가
아무 두려움 없이 천천히
맨손으로 어둠을 풀고 들어서기 위해서
낮동안 잠깐 저지른 실수
간결하고도 간절한 뉘우침 없이는
다른 곳에 돌멩이 한 점으로도
옮겨 눕지 못하리
저물어 가는 여유도 없이
낮에서 밤으로 건너 뛴 사람들
삶의 한복판에서 목숨을 놓친 자
저물어 가는 아픔도 없이
사랑에서 바로 이별로 뛰어간 사랑

매화

짧은 해가 잠깐씩
햇가루를 흘리고 가면
얼음박이 몸이 뼈마디 마디 녹아나고
입김은 꽃안개를 풀어
깊은 골을 적시지만

그대가 놓지 못한
이 산모퉁이
바로 그대의 감옥이네
서성거리다 머뭇거리다
깜깜하게 졸아든 천리향이여

어느 천지에 너를 풀어놓겠느냐
알 듯 알 듯한
뜻 하나
그대 눈 떠서
곧장 이 산을 넘어간다면

불어라 바람
밀물쳐라 봄

풍란

포근한 흙의 덧옷을 입고
생각의 뜸을 들이며
심지(心指)를 잘 감추어 세상에 숨기거늘
때(가) 되면 거침없이 날아오르거늘
바람의 딸이라서
이 풍진(風塵)에 어찌
처음부터 맨발을 훤히 들어
겨누기보다 표적으로 더 살았겠는가
쓴 목숨을 얼마나
달이고 우려낸 노래인가

눈물향기, 송글송글 바람에 떠오르다

제5부 | 세상에서는

꽃을 기르며

실내에서 몇 포기 꽃을 기르며
골고루 물주고
한 곳에서 햇볕을 쪼이건만
쭉 고개 내밀어 창밖을 살피는 놈
하늘만 보는 놈, 땅으로 뛰어내리는 놈
아무 생각 없이 재잘거리는 놈
뻗고 제치고 구부리고 엉기며 자라는 것
이들 앞에서
잃어버린 성장점을 기억하며
뻣뻣한 몸을 흔들어 본다
날아봤자 손바닥이라는 걸
무당벌레 한 마리 몸으로 익힐 동안
한 화분 안에서도 난리다
제 앞만 보고 걸어가거나
앞선 것을 제치고 달리거나
서로 엉켜 머무는 잎들
그 길의 복판에서 안간힘을 쓰며
이 모두를 통합할 이름 꽃대 하나가
우주의 기(氣)를 모으고 있다

외출

툭툭 가지 쳐낸 겨울
나무 우듬지에서 솟구친 기운이
금방 푸른 일가(一家)를 이룬다
사람들은 그러나 제자리로 온전히
돌아오지 못했다
적막이 마을을 덮치고
이 땅으로 끝없이 흘러갔다
빈 집을 채우며 꽃들은 더욱 흐드러지고
닫힌 대문을 넘어오는 향기 자욱한데
친구는 청량리병원으로 실려갔다
쭉쭉 힘을 뻗는 줄장미까지
남에게 넘기고
그녀는 돌아오지 않았다
오순도순 끓던 마당은 텅 비고
오월의 주인은
오래 출타 중이던 그때

휴전선 일기

어느날 갑자기
철조망을 치고 뒷걸음질한 그대
얼떨결에 받아들인 적(敵)이라
총구를 애꿎게 허공에 겨누며
허둥거리던 나

어리석은 사람들을 비웃으며
갈라 붙여도 갈라 붙여도
풀들은 서로의 이마를 부비며 일어서고
땅 속으로 길을 얽어가는 나무들의 뿌리
이 평화를 휴전이라 말하고 싶은가

신(神)에겐 휴전선이 없다
한 주먹씩 가을을 똑같이 달아서
남과 북에 나눠주고
서둘러 불을 지피는 바람이여
강산의 볼엔 화색이 도는데

구릉의 이 바닥 저 바닥 뒤척이며
하얗게 질린 구절초는 역사의 파편들

어찌 내가 아니랴
동전 같은 생애마저 잔바람에 송송 뚫린
이 땅의 민초들 아닌가

독도를 향해 서다

너는 힘찬 두 팔로
오만하고 불손한 저들을
오늘도 단단히 막아내고 있다
세찬 비바람에 깎이고
험한 파도에 할퀸 우리 역사
우리 조국의 얼굴인 너를
야욕 찬 저들이 아직 엿보는구나
체면 없이 넘보는구나
출렁이는 파도에도
깊은 뿌리 내리고
우뚝 선 그대
그들이 다시 와 지분거리거든
뜨겁게 펄떡거리는 네 심장
불같이 열어 제치고
거기 면면히 이어온
원대한 웅혼(雄渾)을 보여주라
너는 우리의 긍지며
멀리 있어 더욱 아픈 사랑이다

가방

91

어머니의 가방은
어린 우리들이 조를 때마다
돌아서서 손이 가던
속곳에 달아맨 허름한 베주머니였다

아버지 돌아가시고
큰 아들네로 옮길 때
묵은 집 정리도 끝나
검버섯 든 손에 달랑 들려 있었다
작은 손가방 하나
그마저 무거웠던지
이 세상 접을 때
두고 떠났다.

속은 텅 비어 있었다
휴선(休船)에 가득한 고요
거센 물살을 다스린 일엽편주
자신을 솎아내고 뽑아내고
가라앉지 않고 마침내 건너에 이른

밥그릇을 위하여

나, 밥그릇
밥보다 많은 눈물이 찰랑거렸다

식솔과 먹고 사는 일
짧은 개미다리로 바삐 뛰다가
땡볕에선 목마른 매미울음을 쏟았다
가끔 밖에서 받는 따뜻한 밥상머리에서는
순한 가시, 두 아들 목구멍에 딱 걸렸다
아직도 밥은 나의 천적이다
선생 놓은 지가 언젠데
그 바른 말이란 걸 들이대자면
밥이 밥그릇을 쿡 찌르며
얼른 고개를 저었다
그날, 더 이상 나를 가두지 않았다
밥을 밀어제친 목소리
폭탄 한 개가
세상을 향해 날아갔다 그리고
힘준 목을 꺾고 바닥에 툭 떨어졌다

눈치에 절은 그릇을 공복의 햇살로 닦는다

안아달라는 풀꽃 맑은 몸들과 눈이 마주치자
빈 속이 짜르르 부풀어오른다
참 오랫만이다

편운(片雲)의 마을에서

인왕산 부근
한 조각 맑은 구름으로 남았습니다
혜화동 로터리
뱅글뱅글 돌아가는 사람들의
흔들리는 하늘 한 자락에도
꿈을 그렸습니다

안성 들녘 푸른 하늘 복판에
빛나는 구름
돌아와 사랑을 심던
편운의 고향인 걸 모두 압니다
편운재 뜰 양지바른 거기
어머님께 꼬박꼬박 안부 올리며
세상 빈 곳을 시와 그림으로
하루도 쉬지 않고 채워 나갔습니다

그곳 마당에서 후두둑새를 보았으며
어느 아침 우리 손으로 목련을 심었습니다
벌써 스무 살도 넘는 청년의 그가
산 같은 구름을 모으고 선 4월

그래도 아직까지는
가족과 친구와 사람들과의
지상의 믿음과 천상의 해후를
노래할 것입니다

*후두둑새 : 후두티새를 이렇게 부르고 아이처럼 맑게 웃던 선생님
*편운(片雲) : 조병화 시인의 호

고인돌

이 벌판 쏟아지는 햇살을 두르고
떼지어 달리는 발자국 소리
일제히 날아가는 화살들
어딘가에 늘 불길이 타오르고
불길 싸고 도는 목숨도 뜨거웠으리
이 고인돌을 보라
그들이 더불어 살다 간 흔적
선운(鮮雲)의 땅 고창 죽림리에 묶어둔 것이니
두 발 땅을 밟고 두 손 하늘을 받든 형상
사람 사는 순리라
우리 속을 흘러 내리는 오늘의 숨결
비록 돌이지만 능히 강이라 하리
죽어서도 더불어 살아가는 믿음
비록 돌이지만 능히 산이라 하리
힐끗거리며 눈 오는 이 벌판에서
그들의 파란 하늘을 찾아 나선다
흙에서 흙으로 돌아간 세월
부질없는 살은 다 녹아 버리고
자유라든가 용기라든가
이 강산에 지핀 혼불 그 사리는

‘세계문화유산’ 으로 남아
이 땅에서 지켜 가야 할 무엇을
천지간의 돌로 써서 증명하고 있다

산수유

눈바람 사이를
용케 빠져 나온 나무들
앙상하게 도드라진 등뼈는
햇살을 걸치고
이내 두툼해진다

하릴없이 허공에
한 줄씩 처놓은 거미줄에도
한 번씩은
잽싼 생(生)의 날개들
대박이 걸려든다

부겐빌리아

고속터미널 지하상가 꽃집
조막손들이 어둠을 받아 올리며
명도를 높인다
청춘, 하얀 대리석 기둥에 걸쳐
에게해와 마주 섰을 때
활짝 한 번 웃는 것으로
바닥까지 와르르 쏟아낸다고
큰 바다가 가르친 것이리
하하 입 벌린 이웃들 사이에서
말은 차곡차곡 종이 접어
울타리를 세운다
삶은 바닥을 드러내는 것이라고
대리석 기둥을 내려올 때
바람의 귀엣말인가
지상으로 오르는 계단 앞에서
지금 미봉(未捧)의 손이
명암(明暗)을 뒤적거리고 있다

채마밭

아버지 어머니를 부르며
한껏 손을 뻗쳤지만
꿈길은 아주 멀었다
덜 깬 가슴 부비며
이승에 남긴 그들 밭에 나가 본다
언 햇살 속에 부단히 흐르는 숨결
그들의 문자(文字)가 꼬물거리며
일어서고 있는 삼동초 나라
어귀 한 뼘도 녹슬지 않도록
철철이 심고 물물이 거두던
매운 손끝을 만져 본다
나 나름대로 땀 흘렸거니
바람이 흩어 버렸나
강물이 씻어갔나
싹 트지 못한 생각의 쭉정이들
올봄 한 뙈기 밭이라도 붙여야 하는데
잔뜩 얼은 일상의 흙덩이를 갈아엎는다
스스로 거름 되지 않으면 안 되는
세월 꾸러미를 꼭꼭 다져 넣어야지
삼동초 시퍼런 귀때기와 눈을 맞춘다

도라산역

DMZ 남방한계선에서 700m 떨어진
남쪽 최북단의 국제역
분단의 끊긴 허리 이어졌으나
한여름 개인 오후
철길은 오수에 빠지고
눅진거리며 땡볕 엎질러진
접시꽃 이마 빨갛게 짓물렀다
기차는 언제 올 것인가
예까지 개망초 하얀 길 걸어오며
신의주까지 가 볼 생각 있었던가

소나기 긋고 간
해질녘 도라산
곁에 선 너는
내게
개망초 하늘거리는 이 들녘
아른아른 내리는 물안개로 남는다

저녁에서 밤까지

있는 대로 다 강바람을 풀어놓자
술렁거리는 풀들의 어깨춤 따라
덤덤한 고수부지개가 기지개를 켠다
이때 사냥개 한 마리
느닷없이 강물로 첨벙 뛰어든다
찌든 더위를 벗기려는 거겠지
그러나 그가 찾는 것을 보라
물을 평정하고 있는 오리 세 마리다
'금방 덜미 잡힐 텐데……'
개는 맹렬히 짖다가
머쓱한 채 멍청한 채 돌아선다
힘깨나 쓴다는 것
발 붙인 제 땅에서다
뭍에서 뒤뚱거리는 것들이
물에서 저리 잽싸게 내달릴 줄이야
무력해진 황제는 무거워진 저녁을
네 다리로 질질 끌며 가고 있다

어둠 속에
띄운
하얀 불빛 점점이

제6부 | 이 땅은

기억한다

연(蓮)의 마을
아랫도리 이미 젖었고
우기엔 지붕까지 젖는다
무심히 있을 동안
바람까지 거세게 몰아붙였지만
몇 번 멱살 잡고 흔들었으리라만
세상 복판에서 사라진
미소가 동 동 동
오리처럼 건너다닌다
오래 기다린 거니 이 귀퉁이서
물 흠뻑 뒤집어 쓴 청춘
가는 허리에 매단 날개
진흙에 절이고 삭히면서
속은 빠뜨리지 않고 건졌네
쏙 뽑아 올렸네
우기에도 저리 환하게

수동계곡을 지나다

몇 날 몇 밤
쉬지 않고 내린 비
산 하나 말끔히 닦아
햇빛 아래 세우더니
계곡 푸른 문
활짝 열어젖힌
산벚꽃 분홍 얼굴

아야소피아 성당 문을 열며

유스티아누스여
마호멧이여
그대들의 사다리를 타고
기도드리던 그들은 천국으로 떠났다
당신도 이 무상(無常)의 계단을 밟고는
떠나온 지상을 한 번쯤 둘러보았던가
당신의 엽서 속에서 기웃거리던
무화과 잎사귀에 하얀 햇살 들끓고
성수(聖水)보다 푸르게 고인 수국 덤불
거기 고향 여자가
천국으로 향하는 당신을
한참 머뭇거리게 했던가

몇 차례 손을 헹구어도
정결함을 잃은 나의 기도는
당신에게 이제 이르지 못한다
간절하던 그날에도 닿지 못한다
모두 그렇게 떠나갔다
울면서 기도드리는 사람들을 뚫고
나는 지상으로 내려가는 계단을 밟는다

거기 어딘가에서
무화과 열매를 바라보며
청보라 물국화 내일을 찾으며

천성

동안거 끝낸 감자 두 알
쪼그라진 자궁 밖으로
꼬물거리며 새끼(生)들이 밀려 나왔다
잎눈도 채 못 뜨고
햇빛 따라 나서는데
한 알에서 솟구친 성질머리는
허공에 삿대질이고
다른 알에서 슬며시 빠져 나온 성격은
가만히 제 옆구리에 붙어 섰다
누가 그새 가르쳤으리
얼핏 보이는
저마다의 길

산마을

줄장미 불을 뿜고
밤꽃 향기 슬멋슬멋 마을을 덮친다
뜨락에 푸성귀 퍼렇게 목마르고
한 차례 퍼붓는 열풍에
보리수 열매 발긋발긋 발진 돋는다
꾹 침묵을 눌러 쓴 오지항아리
된장 고추장 속내 푸욱 익는다
한 심사(心思) 뽑아보는 뻐꾸기
밭으로 집으로 오가는
아낙네도 익는 계절
6월은 산 속에서 안절부절이다
그러나 보라
산은 오직 초록으로 불끈불끈 솟구친다
산그늘로도 가릴 수 없는 마을
미루나무 잎새처럼 반짝거린다
속살 여인네처럼 익어
석류처럼 쩍 벌어진다

Line이 흐르다

33도 여름 복판에서
S라인과 H라인 새내기 아줌마들
뒷태가 살살 굽히고 있다
S의 쭉 뻗은 다리가 꼬일 때마다
길은 바이올린 선율로 떨린다
H의 몸이 타악기를 연주한다
허물거리며 녹는 풍경을 탕탕 두드린다
S가 여름밤 실바람에 뒤척거릴 때
저 H 난데없는 빗줄기 따위에
꿈에서 달려오진 않으리라
저마다 타고난 악기
땡볕을 휘저으며
장바구니를 흔들고 가는 저들
나름의 화음이
소나기처럼 후드득 후드득
골목에 쏟아진다

자귀나무

늘 시퍼렇게 큰 소리치는
갖은 나무들의 입살 쯤이야
아른거리는 분홍 혓바닥으로
그대를 확 감아들이고
혓바닥 촘촘한 바늘침으로
넙적한 산 등짝을 콕 찔렀다
슬며시 놓아주며
야들야들하게 사는데
무엇이 발을 꽉 묶었는지
구름처럼 훨훨
산 한 번 뛰어넘지 못했죠
어쩌다 이 깊은 골에 떨어졌는지
손아귀 세월
하늘거리며 지고 있어요

구절초

투명한 가을빛에 비춰 보면
우리네 등짐 별 거 아니다
이 등성이쯤서
끌고 온 길들 차례로 내려놓고
버릴 건 버리고 추릴 건 추리고
오그라지고 비틀린 세월도
바람에 펴서
친구듯 돌아보는데
갈 길 서두르는 동행이
노을 한 자락 걸쳐주며
저녁 길 살펴 가자 이른다
쑥덤불 같은 한 생애를
울타리 치는 향기
감춰도 아무리 감춰도
숨을 곳 없는

호박밭

저 산비탈이었지
줄에 빨래 널리듯
주렁주렁 매달리던 애호박들은
다들 어디로 갔나
얼마나 많은 입을 거쳐 갔는지
몇 개 남아 있지 않다
햇빛 가려주고 비바람 덮어주던
호박잎 넙죽한 손들 바싹 여위어
물난리나 폭염도 끄떡없이
퍼질러 앉은 저 늙은 호박을
한 번 감싸주지 못하네
안달하지 마라
애호박은 가려주어도 떠나고
늙은 호박도 제 때를 알거늘
어떤 힘으로 놓아 기르는
혼자만의 길이 있음을

눈 오시는 날

내 편
네 편이 되어 준
이 강산의 나무들
풀꽃과 새들
여름 낮 팔랑거리는 미루나무 잎새들
바람 부는 강둑에 서면
흔들리는 강물과 흐르는 노을
이런 기쁨 말고는
나를 증명할 아무 것도 없는
이 거주지에
어머니는 저 세상에서
삶아 헹구고 햇볕에 바래고 또 바랜
하얀 무명천을 몇 필 내려주신다
낡은 호청 벗겨내고
긴 겨울밤 짧게 보내라고
폭신하게 파묻혀 잠들라고

매화말발도리

봉화군 명호면 북곡리 산 61번지에 터 잡은 청량산을 씻고 닦으며 때깔 내는 것이 소나무 잔 솔질인 줄 알았겠는데, 다들 그렇게 아는데. 그 발치에 앉은 너럭바위 한 채, 그 답답한 숨길을 확 뚫고 나선 나무 한 그루 키도 안 되고 몸매는 더욱 아닌 비쩍 마른 것이 산에다 털썩 몇 섬지기 봄을 부린다 문 밖 한 발짝 떼어놓지 못한 배냇병신의 숨결인데 거미줄 치렁거리는 매향(梅香)을 한 바퀴 열두 바퀴 천만 바퀴 돌려 감는데 지치지도 않고 수중(手中)에 산을 꽉 움켜쥐고 산 아래 마을로 내려가고 밤중에는 나뭇가지를 타고 별에 오른다

말발도리는 사람들 속에도 있다. 자신이 가진 것이면 무엇이라도 쪼개 나누는 사람들과 심는 만큼은 어림없어도 '심어 거두는 것이 땅과 하늘의 약속' 이라는 농부 이 같은 세상 말발도리들이 울퉁불퉁 투덜거리는 고빗길을 한껏 보듬고 간다 저만치 누가 이름과 비단을 휘두르고 세상 지름길을 혼자 내달릴 동안에 비틀리고 꽁꽁 얼어붙은 한 시대를 다잡고 '더불어 가는' 말발도리들의 손아귀에는 핏방울 맺히고, 똑 똑 떨어지고, 철쭉으로 피고, 봄으로 건너가고, 봄길 천리에 눈물 향기 깔아놓는다

그 섬에 갔다

수평선을 끌고 오던 바닷물이
서서히 바다의 거대한 공복을 채우고,
또 다시 달려나가며 바닥을 드러낼 때
여기 질퍽한 허무를 휘감고 자라는 것들과
저기 질펀한 권태를 밟는 바닷새 유희를
초소 창틀을 통해 바라보고, 또 바라보았다
삶이란 그저
내 안에 들고 나던 물때였는지도 모른다
다시 섬에 왔을 때
나는 비로소 '너' 라는 섬과 마주치고
충돌했던 것을 알았다
깨진 시간은
조수(潮水) 어디쯤 걸려 있는 것일까

텅 빈 나뭇가지에 앉아
푸른 잎을 물고 오는 새처럼
가만히 너의 이름을 품으면
내게로 밀려오는 섬 한 채
다 가라앉았다고 믿은 한 시절의 파편들이
꽃잎처럼 떠오르며

심장까지 위협해 온다
말하자면 그러니까
하긴, 생각을 걷어낸 보이는 것과 들리는 것
모두 허구(虛構)다

詩人 金賢淑論

— 김현숙 제7시집 《물이 켜는 시간의 빛》 평설

이수화

시인, 국제PEN 한국본부 부이사장

1.

김현숙 시(金賢淑 시인의 詩)는 '물이 켜는 시간의 빛'으로 읽혀지기를 원망(願望)하는 구조이다. 시인이 메타 텍스트(詩集名)로 선택한 때문이기도 하지만 '물이 켜는 시간의 빛' 이란 명제는 '불이 켜는 시간의 빛' 에 길항하는 아름다운 조소성(彫塑性)의 미학으로 우리 눈 앞에 현영(現影, manifestation)하기 때문이다. 불(火)보다 물(水)이 시간의 빛(光)을 켠(發)다는 사실(事實)은 팩트(fact)로서의 사태(事態)가 아닌 시인의 삶, 그 아름다운 은유적 이미저리인 것이다.

불이 켜는 시간의 빛, 그것의 종말은 어둠이지만 물이 켜는 김현숙 詩(時間)의 빛에서는 한 송이 〈백련(白蓮)〉도 피어나는 것일 터이다.

얼핏 들떠 보이나요
하긴 무릎에 늘 물살을 얹고 살아가야 하니까요
이리저리 밀리지 않고는
여린 몸을 버티는 정신의 등(燈) 하나 달아맬 수 있나요
달처럼 맘껏 구름을 차내며 환해지고 싶죠
그나마 한 해 사흘은 흰다면서요
저절로 불이 들어와
무명(無明)의 몸 밖으로 빠져 나올 그때거든요

한 번만이라도 회산 방죽으로 나오세요
대명천지를 더 밝히는 불빛이 물에서 뭍으로 오르죠
칠월에서 구월까지 길은 이어지는데
길 다 두고 남 따라 포개어 걷는 연잎의 짙푸른 어둠
몇 길 물밑 허공을 밟고 선 꽃의 찬 이마
그 어디쯤 덜컥 오욕 칠정의 붉은 고뇌도 갇혀 있어요

무심한 듯 바람이 밀고 가죠
흰 빛을
멀리 갈수록 맑디맑게 개이는……
　　　　　　　　　　— 〈백련〉 全文

　　총 17행 3개 연의 이 텍스트가 거느린 이미지 중심축은
제1연의 "무릎에 늘 물살을 얹고 살아가는" 백련(白蓮)의
물살에 이리 저리 밀리는 부대낌(시련)이고 제2스탠자에
보이는 물밑 이토(泥土, 진흙)와 진속(塵俗, 세상) 양켠을

살아내야(극복) 하는 오욕칠정의 고뇌이며, 마침내 후말 3행 스탠자에 명징하게 현영(現影)하는 아름다운 백련꽃의 환골탈태하는, 생(삶)의 완성태를 지향하는 유토피아 원망(願望)의 이미저리이다.

이와 같은 김현숙 詩 〈백련〉은 샤를르 보들레르가 그의 불후의 명작 '후레드말' (惡의 꽃), 즉 진흙(惡) 속에 피는 연꽃(惡의 꽃)의 아름다운 삶의 희생(시련과 극기) 정신을 통해 인간의 그러함을 상징하는 미학을 성취하고 있듯, 21세기 지금 이곳(塵俗)을 살아가는 우리들에게 "몇 길 물밑 허공(泥土, 진흙)을 밟고 선(살아가는) 꽃의 찬 이마(시련과 고뇌 극복의 차가우리만치 예리한 지혜)"를 깨우쳐 주고 있는 김현숙 은유시의 절창이 아닌가 한다. 특히 이 텍스트 1연의 첫 두 라인의 김현숙 詩의 총체적 아우라성과 특성의 어조, 제2스탠자 5행(허공을 밟고 선 꽃의 찬 이마)과 같은 레토릭(수사학 ; 修辭學)의 놀라운 탁월성은 김현숙 詩가 그동안(제6시집에서 이번 7시집에 이르는) 시인 스스로의 감회(자서에 보이듯)에도 불구하고 '김현숙 詩學' 만의 경이로운 특질일 뿐만 아니라 타(他)의 추종을 불허하리 만큼의 삼엄성을 과시한다 할 것이다.

텍스트에 대한 이와 같은 인식은 시에 대한 김현숙의 어프로치를 드러내주며, 또한 삶에 대한 그의 태도를 결정한다. 그가 시를 쓴다는 것은 아름다움을 추구하는 일이며, 그의 시가 아름다우면 아름다울수록 삶과 시의 미학은 일치가 가능함을 역설하는 것이 김현숙 詩의 포에지(詩精神)임을 본다.

이를 테면 시 〈새〉에서,

어린 풀들 사이를 거닐다
나뭇가지에 푸른 생각을 걸어놓는다
물 위를 총총총 걸어다니는 친구도 있다
나무처럼 땅에 매이지 않고
돌멩이처럼 물에서 가라앉지도 않는다
말하고 싶을 때 노래한다
갖은 빛깔과 모양새로 덧칠하지 않으며
짧게 때로는 더 짧게
너무 배불리 먹지 않고
또 세상을 움켜쥐듯
눈 부릅뜨고 훑어보지도 않는다
이러니 세상이 의심없이
천지간을 다 내어주나 보다
신이 부를 때는
두려움 없이 하늘로 튕겨 오르지만
원하는 건 다만
마음의 길을 가는 것
몸에 짐을 쌓지 않는
바람에 나부끼는 나뭇잎
때로는 더 가벼이 흩날리는 홀씨

— 〈새〉 全文

말하고 싶을 때 노래하고(6행), 몸에 짐(업, 業)을 쌓지 않는 마음의 길을 가는(18, 17행) 시적 지향성(인텐셔널리티)은 김현숙 詩의 가장 본질적인 시적 성향이라 할 만하다.

이 지향성이 바로 그의 시의 원점이다. 이 원점에서의 확장 전개와 응축의 이완작용이 이번 시집에 보이는 김현숙 詩의 정신의 퍼스팩티브(시정신)과 집약해 말할 수 있으리라 믿는다.

2.

이번에 제7시집으로 상재되는 《물이 켜는 시간의 빛》(2007. 9. 지구문학사 간행) 시편들을 컴퓨터 워딩고로 읽으면서 필자(평설자)는,

꼭 10년 만에 제7번째 시집을 낸다.
6집은 7년 만에 냈던가.
그전엔 자주, 무슨 할 말이 그리 많았던지.
— 〈自序〉 중에서

— 라는 가벼운 자탄조의 독백에서 나는 김현숙 시인의 저 앞의 텍스트 〈새〉에서 "말하고 싶을 때 노래한다"는 그 한 행의 감추어져 잘 드러나지 않는 비의(秘意)에 한없이 매료되었다. 그리고 곧 그 시의 후말 두 행, "몸에 짐(業)을 쌓지 않는(18행)/ 마음의 길을 가는 것(17행)" 일 때가 바로 그 "말하고 싶을 때" 임을 알아차렸던 것이다.

그렇다.

사람이라면 육체의 길로만 어찌 가서야 되겠는가.

더구나 시인은 마음으로 마음에 소통하는 노래꾼이지, 어디 돈으로, 권력으로, 육체로 살아가는 사람인가.

이 삼엄한 시인의 위의와 시의 아름다움에 ×칠을 하는 짝퉁 문단 안타고니스트가 이번 김현숙 詩를 읽는다면 아마도 두 눈이 퉁퉁 붓도록 깨달아 아침에는 출근길 운전대 잡은 손이 한없이 낮아질 터이거니와 이와 같은 김현숙 詩의 '성찰과 겸허의 시정신'은 이번 시집 총체성으로 읽힌다.

제1부 '빛의 섬'에 〈백련〉, 〈새〉, 〈몽돌〉, 〈달팽이〉, 〈오솔길〉 등 15편의 역작 은유시군(群)이 포진해 있고, 제2부는 '사랑'이라는 부별 메타 텍스트에 보이듯 '사랑시' 14편이 편성됐고, 제3부 '나무'에는 〈버드나무 아래서〉, 〈담쟁이〉, 〈배롱나무〉, 〈이팝나무〉 등 나무시 14편이, 제4부 '삶'에는 〈고등어조림〉, 〈이끼〉, 〈사발〉 등 사회성이 짙은 메타포어 시들 15편이, 제5부 '세상에서는'엔 〈꽃을 기르며〉, 〈외출〉, 〈휴전선 일기〉 등 13편이, 끝으로 제6부 '이 땅은'에는 〈기억한다〉, 〈수동계곡을 지나다〉, 〈산마을〉, 〈그 섬에 갔다〉 등 12편이 편성되어 이 시집엔 총 83편의 그야말로 단 한 편의 에러도 없이 정선된 역작들임을 일일이 열거해 평설할 수 없는 탓 대신 부연하면서 이제부터 김현숙 詩, 그 은유적 삶의 성찰과 겸허의 시정신이 수놓고 있는 대표적 텍스트의 세부를 들여다보기로 한다.

물은 천리를 흘렀는데
그대 한 자리에 앉아
천 날의 물결을 깎았는가
가파른 주의주장도 누그러지고
날선 입도 잠잠해졌구나

가끔 자갈거리며
해소기침 끓는 소리
수 만 바람과 부대끼었나
엎어지고 깨진
파도의 집채 가라앉아서

— 〈몽돌〉 全文

전후(前後) 두 연, 총 10행에 김현숙 詩 성찰의 포에지는 매우 엄숙한 존재론적 겸허의 미학에 형상화 되어 있다.

첫 스탠자의 '물' 은 존재(몽돌)가 겸허를 터득하는 데에 기여한 자연과학적 순리를 배면에 깔면서 오히려 존재 자체의 내면적 성숙에 이르는 적극적 태도를 현영(現影)해 보인다. 인간의 삶의 태도에 깨우침을 준다 하리라.

그리고 둘째 스탠자는 저러한 존재 현영성의 강조법으로 존재(몽돌)의 시련담일 터이다. 문제는 이와 같은 텍스트 주제의 중량감에 비해 그것을 실어나르는 언어의 절실성, 이를 어거(馭車)하는 공감각(共感覺) 이미저리(가끔 자갈거리며/ 해소기침 끓는 소리)의 조소성(彫塑性)은 독자가 무릎을 치고도 남음이 있을 터이다.

　　이른바 '물이(1연 1행) 켜는 시간(1연 3행)의 빛(인간 존재의 겸양정신)'을 김현숙 詩의 은유시법이 잘 형상화해 보이는 사례의 대표적 텍스트이다.

뼈대 없이
옮겨 다니는 건
살이 닳는 고통뿐이다
걸친 것 없는 한 몸뚱이를
세상이 먼저 알아차리기 때문이다
나를 가려주는 건
한두 겹 옷, 헐렁한 집뿐이다
도저히 빠져 나올 수 없는
집채만한 체면과도 늘 동행이다
내가 들통나지 않는
허술한 그늘 속에 돌아누울 때
때때로 꿈꾼다
작열하는 저 태양 속으로 뛰쳐나가
내 온전한 살 뜨겁게 달아오르며
목숨의 한때를 맛있게 굽고 싶다
바람에 흐느적거리는 저 잡풀같이

— 〈달팽이〉 全文

　　"온몸이 타는 괴로움이라 해도 따지고 보면 나를 맛있게 굽고자 하는 신(神)의 뜻이라고 겸허히 받아들인다."는 말은 김현숙 시인의 '자서'(自序)에 보이는 절대적 인간 겸험의 태도 표명이다.

위 텍스트에는 후말 서브 코다에 보인다. 화자인 달팽이가 겪어내는 세상의 질곡은 화자로 하여금 목숨의 한 때를 신(神 ; 텍스트에서는 '작열하는 태양'으로 진술돼 있음)에게 굽히기를(뜨겁게 태워져 환골탈태하는 자아 갱신의 계기) 꿈꾼다. 화자(시인)가 달팽이로까지 또는 달팽이의 갇힌 삶으로까지 자기 비하를 상정한 발상부터 이 텍스트는 김현숙 詩의 화쟁(和諍)의 시 정신을 주어(主語)로 삼는다. 더구나 후말행 "바람에 흐느적거리는 저 잡풀같이"를 원망(願望)하는 김현숙의 낮아질 대로 낮아지는 겸허한 포에지는 우리가 꿈꾸는 새로운 유토피아 시정신의 발로가 아닐 수 없으며 텍스트 〈달팽이〉는 그를 존재 성찰과 자아갱신을 꿈꾸는 존재론적 겸허의 시정신이 아름다운 시인으로 자리매김하는 또 하나 그의 미학적 성취인 셈이다.

이제 이쯤이면 김현숙 詩의 기법적 버라이어티를 살필 대목일 듯하다.

① 내겐 사랑하는 이들이
　바로 바라보는 산이었다
　터진 신발로 일등 달리던
　눈웃음 큰 아이
　얻어 입힌 옷으로도
　왕자처럼 환하던 막내
　유리파편처럼 바싹 부서진 나를
　조각조각 짜맞추던 그 사람

그들의 웃음과 눈물
내가 온몸으로 기대고 매달리던
산이었다

그 사람도
나의 아이도
지금 내게는 강물
내가 멈춰 사랑하는 동안
아득히 흘러가 버렸다

— 〈산에서〉 율文

② 어머니의 가방은
어린 우리들이 조를 때마다
돌아서서 손이 가던
속곳에 달아맨 허름한 베주머니였다

아버지 돌아가시고
큰 아들네로 옮길 때
묵은 짐 정리도 끝나
검버섯 든 손에 달랑 들려 있었다
작은 손가방 하나
그마저 무거웠던지
이 세상 접을 때
두고 떠났다.

127

속은 텅 비어 있었다

휴선(休船)에 가득한 고요

거센 물살을 다스린 일엽편주

자신을 솎아내고 뽑아내고

가라앉지 않고 마침내 건너에 이른

— 〈가방〉 全文

③ 새벽마다

바삐 지나다니는 풀밭

길이 생겼다

짓밟은 풀들의 머리 위로

오늘 누군가

우리들 머리를

사정없이 밟아 뭉갠다

세상에 지름길을 내며

— 〈오솔길〉 全文

*행두(行頭) No. ①, ②, ③은 필자의 것임.

예시된 텍스트 ①, ②, ③을 나란히 병치해 보이는 것은 이들 김현숙 詩가 각기 거느리고 있는 변별성 때문이다.

먼저 텍스트 ①은 가족애(家族愛)와 부부애(夫婦愛)가 혼융된 사랑의 시, ②는 구구절절이 사별한 어머니의 사랑을 잊지 못하는 사모곡(思母曲), ③은 사회성의 길항주의(拮抗主

義)의 텍스트다.

①이 저러하다는 바는, 평이하지만 애틋하고 따뜻한 가족들의 지금은 가까이 있어 주지 못하는 옛 모습을 마치 한 장의 가족사진처럼 그려 보여주고 있기 때문이다. 그리하여 그들의 존재가 산처럼 변함없는 존재이면서 아득히 흘러가 버린 존재임을 아쉬워하는 어조가 후말행에서 눈물겨운 레토릭의 미학을 성취하고 있다.

그들이 화자에게 강물이란 점에서 시 〈산에서〉는 김현숙 詩의 '물이 켜는 시간의 빛'임에 분명할 터이다. 왜냐하면 아득히 흘러가 버린 가족들이지만 실은 그들의 마음 속 현영(現影)으로 인해 화자는 삶의 빛을 잃지 않을 수 있기 때문이다. 텍스트 ①이 이처럼 애틋한 추억의 가족사진 한 폭을 그려 보이는 감동적인 리리시즘 소산이라면 ②는 사별한 어머니의 사랑을 그리워하는 애절양의 리얼리즘 사모곡이다.

특히 둘째 연 마지막 행말에 종지부를 찍은 기법은 비범한 솜씨를 드러낸다. 70편이 넘는 이 시집의 텍스트 어느 곳에도 저러한 종지부(?)는 없다. 어머니의 귀천(歸天) 사실에 따른 강조점인 것이다. 김현숙 시인의 이 엄청난 시적 의도는 아무렇게나 쓰는 짝퉁 시인들에겐 너무나 삼엄한 자세일 터이다.

텍스트 ③은 흔치 않은 김현숙 詩의 리얼리즘 소산이다. 풀-민초(民草)의 짓밟히는 삶을 은유적으로 상징하고 있는 8행 2개 연의 구조도 응축의 묘미를 살리고 있다. 이 계열의 텍스트가 많지도 않거니와 '물이 켜는 시간의 빛'이란 메타포어 기법의 김현숙 시세계에 우리는 예시(例示) ③과 같은 리얼리즘 제재의 시가 다수 존재하기를 바라서는 안 될 것이다.

리얼리즘의 세계 창작이란 우리 인간이 동물들 중에 유일무이한 상징화 동물(symbolizing animal)에게는 그다지 흡족한 일이 못되기 때문이다.

따라서 이 문제를 제외한다면 김현숙 詩의 은유(隱喩)로서의 삶의 유토피아 지향성은 이번 제7시집《물이 켜는 시간의 빛》으로 매우 명징하고도 아름답게 미학화되고 있음을 우리는 이제까지 매우 심도 있게 주목해 왔다고 공감하는 독자도 있으리라 믿는다.

여기 김현숙 시인의 미학이 한껏 고조된 아우라(aura)의 시〈봄밤〉을 평설글 가름삼아 정독하고자 한다.

세우(細雨)에도
미모사처럼
나를 접었다

담을 넘어오는
네 높은 키 아래서
시시때때로 나는 그늘졌다

— 〈봄밤〉 全文

'미모사'라는 초본식물은 무엇이 그 잎에 가 닿으면 잎을 접는 속성이 있다. 화자는 미모사처럼 봄밤의 가랑비에도 '나를 접었다' 는 것이다.

첫 스탠자의 이 은유는 화자가 아니면 알 길이 없다. 제2 스탠자에서 겨우 그 낌새의 아우라(aura)를 찾을 수 있다. "담을 넘어오는/ 네 높은 키"가 봄밤의 밤(夜) 그것인 것이다. 이는 '백골(白骨)에 감긴 금발(金髮) 팔찌' (A bracelet of bright hair about the bone.)와 같은 영시(英詩)의 기상적(奇想的) 컨시이트(비유, conceit) 기법의 소산이다.

화자는 봄밤에 가랑비가 내리므로 그리움을 접는다. 바야흐로 봄밤의 긴 어둠 자락은 담장을 넘어 뜨락까지 차오르고 두 가닥 딴 머리의 아리따운 처자(화자)의 어여쁜 얼굴에는 불빛이 아롱질 때마다 시시때때로 그 마음, 그 얼굴엔 연인(戀人)으로 인해 그늘이 지는 것일 터이다.

공연한 망상일지도 모를 일이거니와 이와는 상관없이 김현숙 詩의 테제인 '물이 켜는 시간의 빛' 이야말로 실로 이 시 〈봄밤〉의 세우(細雨)가 지닌 수질성(水質性)을 은유하고 있는 것이리라.

왜냐하면 세우(細雨=물) 뒤에는 반드시 날이 개이고 기다리던 사람은 오고야 말 일이니까— 물이 켜는 시간의 빛에 도달하고야 마는 것이니까.

2007년, 초가을, 삼개나루 樹堂軒에서

김현숙 시집

물이 켜는 시간의 빛

·

지은이 / 김현숙
발행인 / 김재엽
발행처 / **한누리미디어**
디자인 / 지선숙

·

121-840, 서울시 마포구 서교동 395-13 서원빌딩 2층
전화 / (02)379-4514, 379-4519
Fax / (02)379-4516
E-mail/hannury2003@hanmail.net

·

신고번호 / 제300-2006-61호
등록일 / 1993. 11. 4

·

초판발행일 / 2007년 9월 1일
재판발행일 / 2010년 12월 1일

·

ⓒ 2010 김현숙 Printed in KOREA

·

값 7,000원

※잘못된 책은 바꿔드립니다.
※저자와의 협약으로 인지는 생략합니다.

ISBN 978-89-7969-377-5 03810